푸른사상 시선 185

햇볕 그 햇볕

푸른사상 시선 185

햇볕 그 햇볕

인쇄 · 2023년 12월 5일 | 발행 · 2023년 12월 12일

지은이 · 황성용
펴낸이 · 한봉숙
펴낸곳 · 푸른사상사

주간 · 맹문재 | 편집 · 지순이, 김수란, 노현정 | 마케팅 · 한정규
등록 · 1999년 7월 8일 제2-2876호
주소 · 경기도 파주시 회동길 337-16(서패동 470-6) 푸른사상사
대표전화 · 031) 955-9111(2) | 팩시밀리 · 031) 955-9114
이메일 · prun21c@hanmail.net
홈페이지 · http://www.prun21c.com

ⓒ 황성용, 2023

ISBN 979-11-308-2122-1   03810
값 12,000원

푸른사상
시선

185

햇볕 그 햇볕

황성용 시집

푸른사상
PRUNSASANG

아홉 바퀴를 돌고 있으면서도
뒤를 돌아보지 않았다
뒤를 돌아보게 하는 뭔가 없다
그저 돌고 있다는 것뿐
그저 돌고 있다는 감각뿐
돌아볼 줄 모를 수도 있다
궁금증이 생기지 않는 일은
끔찍하다

2023년 9월
황성용

| 차례 |

■ 시인의 말

제1부   아래는 아래다 위는 위여서

제2부   얼굴이 타도록 쳐다본다

제3부 적막해서 시끄러운

제4부 혼란에서 나를 구해주렴

제1부

아래는 아래다 위는 위여서

불안정

마장동 고깃집 주인은 팔순을 넘겼다 그에게 들은 건강하
시라는 덕담을

그것도 무게라고

들고 가면서 헐떡헐떡거렸다 다음 달 월급날

답례를 하려고 갔는데 한 서른이 될까 말까 하게 보인 작
자가

자기가 주인이라며 콧수염을 힘껏 올렸다

비의 현실

라면 먹자

좋아

네가 끓어

왜

동조해줬잖아

싫다면

결별하자

연애하고 라면하고 바꾸자고

직업하고 라면하고 바꾸자고

왜 그래

종일 비 오니까 그렇지

비 올 땐 간결하자

비 올 땐 피를 뽑자

비의 현실이다

아침 인사

집과 어둠

어둠에 따른 망월

일출이란 말이 후속으로
바로 나와야 하는데
나오지 않았다

망월시장 점포 중 생선 가게 한 곳이
셔터를 올린다

손님이 아닌 행인이다, 라면
낙담

낙담에 따른 수족관 가자미가 있다

넙죽 엎드렸다

그 함성을

경찰서 생활안전과에서는 뭣에 통해 있는지
창문을 활짝, 열어놓았다

좋은 아침!

밥 먹은 것처럼

절벽 아래

느티나무 아래

이 아래나 저 아래나

이모는 별다를 바 없다고

생각한다

나는 아래

자체를 거부한다

키가 커야겠다고 덤벼들 적부터이다

아래를 좋아하는

관리부장 친척도 있다

아래,

아래,

아래를 대체할 수 있는

그들의 아래는 없다

아래

아래를 여는데 아래를 몰라 통로처럼 그냥 들어가보는 아래이다

쪼그려 가거나 기어가거나 숙이고 가거나 들어는 간다

시곗바늘이요 그러면 시간이라고 알 텐데
인식이요 그러는데 인식은 아래가 없어도 스스로 인식된다

아래는 앞이든 뒤든 안이든 밖이든 아래라서

아래의 위치는 뒤바뀌지 않는다는 뜻의 아래로 명명해도 되거늘

해가 떠오르는 아래를 지금 한번 열어보시게요

아래가 위가 되기 위해 휘몰아치는 개벽이어도

아래는 아래다 위는 위여서

안 되는 것

흥!

비꼰다

흠은 되나

흠은 되지 않는다

흠집은
어른들이 가장 많다

전진과 후퇴에
있어

핑계를 대는
흠이

가장 큰 흉이다

흠이 사라졌으면 하고

흥, 흥이 자꾸

흥(興)으로 모사를 꾸민다

추억은 쓸쓸하다

그댄 둘이
골목이 되어

우리들은 무겁게
추억을

가볍게가 없어서

무겁게는
추억을,

똑같이 똑같은 둘은 될 수 없었지

그때 바로
금성 점방

옆에
민들레 이발관

사고 싶어

팔지 않았지

눈 내릴 땐 장독대를
비 내릴 땐 지붕을

정자 앞 팽나무는
보고 있네

아아 그땐
그때끼리

애꾸눈 선장 망원경이
엄마 무릎 통증을 당겨보네

아야! 아야!

상점 주인 말로

이웃들 말로

호텔 같은 것이 생긴다는 것인데

울릉도 오징어조차
다 팔리면

골목은 당장 발길 끊겨

추억은 쓸쓸하다

초고층

초고층은

높이를 모르면서 높이를 강요한다

저층은 홀로 별개다

바닥이 없는 초고층은 없다

바닥 치고 올라오는
초고층은 높이가 아니다

높기만 하다고 하면

어쩔 거니?

헝겊

일전에 조선소 다녀왔던 표시로 느티나무에 헝겊을 달아
놓았다

한 사람뿐이었는데, 그 헝겊의 내막을 알고 싶은
사람이 어느덧 열 사람이 넘고 있다

액운을 물리치는 통상적인 생각들이었다

소나무에 걸려 있는 모습도 보였는데 거기는
제빵 공장 다녀와서 걸어놓았나

궁금증이 돌돌 말려 있다

피를 닦을 때는 모르나 물기를 닦는
걸레이다, 라고 보이는 그들에게

나무에 달린 헝겊이 알 수 없는 용도로
새끼치고 있다

손수건 정도 좁혀질 때 눈물깨나 뺐을
로맨스 영화를 보여주려고 하는 것은 아니었을까

행주치마처럼 조직으로 뭉쳐서
공격을 하려고 했을지도 모르겠다

아슬아슬하게
배신과 소신의 구별도 없이 나무를 흔들었을

그 광풍, 헝겊

어차피 모른다

두 번째로 화장실 수도꼭지 고장이 났다 이번엔 누구냐?

모른다 그것은 항상 미상이니까

뭐든지 모른 일만 있는 모르는 것에게 물어본다

어차피 모를 일

젊은 수리공이 왔다 벌레냐

모르는 것에 인상 써야지

그럼 다음 단계는 뭐야 당연히 수리의 문제지
모른 것은 몰라도 '모르는 것 같은' 막연함은 사라지게 할
거야

누가 봐도 끝까지 모르는 일

그런데 누가 알았다면 어디서 안 거지

길도 아니고 건물도 아니고 더더욱
지상 어디도 아니라고 하는데

함정으로 보내자

움직이지 못하게 가둬놓고 그대로 둔 거야

모르는 일이 숨 막혀 자백할 일을 만들자 어차피 잔인해
도 모를 일인데
모를 자유에 마지막으로 기회를 줄게

다른 수리공들도 모른 일을 그 수리공은 처음으로 모르겠
다는 듯
땀을 닦는다

모르는 범위를 어디까지 정하고 끝냈나, 뭔 말 없다

산의 경우

"엄마를 죽이고 싶어"
동료가 아들한테 들은 말이라 했다
충격을 받고 심리 치료를 받았는데
받을수록 엄마가 아닌 엄마
나는 기도를 해준다
제발 막아주십시오
응답을 해줍니다
아들과 햄버거를 같이 먹으라고 합니다
기도가 일러준 대로 아들과
좋아하는 햄버거를 먹습니다
먹는 동안 햄버거는 농민들이 일 년 내내 키운 밀과
야채 재료로 만든 것이란다
라고 말해준다
"엄마를 정말 죽이고 싶어"
동료는 또다시 충격을 받았는데
주위에 누구도 없었다
다시 기도를 해준다
산이 되도록 도와주세요

폭풍에도 흔들리지 않는 산이 되어주세요

동료는 점점

산이 되기 시작한다

신은 원래부터 산이 되는 것으로

결정을 했다고 합니다

산은 동료를

저 강 너머까지 밀치고 있습니다

서로 사랑해서 다른 것들

날씨는 화창, 그녀가 나에게 했던 말

심심하고 싶은데……

마침 그녀의 친구는 없었다

근데 말이야.
응.
게이 아니었으면 어쩔 뻔했어?*

식당을 같이 나오면서 그녀가 신용카드를 준다
이제는 어색할 때가 아니라는 듯

그러네, 형식적으로는 다름다워
다만, 내용이 문제야

우리 사이가 정식으로 시작된 거야?
공개적으로?

전부는 아니고 사 분의 일 정도만 그래

나머진 연습일 뿐이야
서로에게 아직도 궁금한 점은 있겠지

남자와 여자의 차이점은 분명 있는데
없다는 그녀와 헤어질 수가 없어

흔들릴 줄 몰라

수채화를 그리듯 인생을 채우는 거야
키스는 그녀가 주는 그녀의 것
그래서 자기 것으로 싹을 틔우는 생존법

나는 나를 기다리는 나밖에 될 수 없었지요

사랑해서 서로 다른 것들만 생기면
어떡해

* 김병운 소설 「그리고 여기서부터가 사소한 일이다」에서

싹이 바람을 맞을 때

병원 앰뷸런스가 급하게 되었습니다

벼락도 바로 멈출 타워크레인에
한 놈이 올라있것다

버텨줘야 하는데,

칼바람이 그어진 이마가 한계의 지점이라 해도
위가 아래가 되고 아래가 위가 되는 기준은 아니리라

흐르면 마르고, 그는 그저 눈물로 지친
싹이다

안방에 누워도 절벽이 아니겠는가

있잖아요 온기의 눈금으로 올렸던 싹,
물을 주면 등에서 노숙이 떠오른다

처음이라는 것 때문에 부도를 만났고요, 처음이라는 것
때문에
첫사랑도 잘 생겨요

빈칸에 있듯

땅은 마른다, 죽을 줄 알았지
그저 바닥과 등지는 발아 말이야

흰 천 아래 발목 그대로
드러난 흉작의 방전은 어떤 발아일까

그대, 떨어졌을지라도 떨어진 의미는
넘어지지 않노라

우리도 그 사내처럼 땅바닥에 추락해봤는데
왜 굳이 추락사라고 말해

암흑처럼 쳐진 사각 천을 밀치자,

싹에서 바람맞는 무 발목을
하얗게 드러낸다

거듭거듭 세상은 의자 낙원

흔들의자, 카브리올레, 클럽의자, 베르제르, 메리디엔트, 스태킹의자, 등받이의자, 팔걸이의자, 오토만, 벤치, 발 스툴, 빈백의자, 감독의자, 바실리의자, 소파, 체스터필드, 방케트, 사다리 겸용 의자, 바 스툴, 방 키트, 러브 시트, 레카미에

오늘 밤 이 많은 종류의 세상 중 어느 한 곳이라도 앉을 데가 없다

배

과일의 옹달샘 배가 갑자기 마르고 있다는 긴급 전화가
왔다 전화를 받은 M 면사무소에서 현장에 출동했다 목련꽃
처럼 쏟아지는 배에 그만 그 속으로 빨려 들어가버렸다 하
루, 이틀, 시간이 지날수록 M 면사무소 일행의 행방은 묘연
해졌고 배밭에서 꿀벌들은 사라지기 시작했다

현장에 구조반이 급히 설치됐다 수색을 하면 할수록 하늘
에서 쏟아지는 별빛과 달빛의 원성 때문에 한 발자국도 나
아갈 수 없다 그만 철수하고 말았다 M 면사무소 일행 실종
요인은 배의 명확성 부족이라는 보고서를 받아들고 갸우뚱
하던 군수가 결재를 보류했다 명확히 하라

배 주변으로 까치가 날아들지만 않았어도 검사서 의견을
철회하지 않았을 것이다 새들의 일터가 되어버린 배밭에 배
를 팩틴의 보고가 아니라고 말할 수 있는 새들이 얼마나 될
까 배가 벽돌이 되어버린 배를 가지고 주인은 성을 쌓으며
엽사 까치를 막고 있다 배의 본질은 전향적이라고, 개조하라

배밭 주인한테 네 번의 전화가 왔다 한 번은 태풍 때문에
한 번은 저온 때문에 한 번은 우박 때문에 한 번은 강우 때
문에, 한 번만 더 오면 민원 응대 요령에 의거 상습 민원으
로 처리할 뻔했다 상습 민원이 되면 민원으로 볼 수 없는 것
이 된다 그 소나기를 잘 피했느냐

　배의 존재는 죽어가는 자의 기도처럼 경건할지 모르나 새
벽에 바라보는 적막과 구별하기 위해 차별성을 회복시켜줘
야 한다 인간들은 꽃가루 야음을 틈타 멸종의 속도를 내는
배의 이면을 생태 영역으로 포함시킨다 상실도 배의 부분이
될 수 있다

　그해 가을이 거의 끝날 즈음 M 면사무소 일행이 배가 되
어 부분적으로 발견됐다

뉘시오

식구들 낙향했어도 국밥집 딸로 아직 남아 있는 화산식당
주인

그간 식당 주방 맡은 일이
가장 컸지요

벌써 초저녁, 국밥 솥 김 모락모락 나는
모습이 미닫이 창문에 비칩니다

이 풍경은 이을 일이죠

부식 가게조차 뜸해 보이니 말이야

손님들 식당 들어올 때 바지 턴 모습 보면
그쪽은 넘어졌던 곳

식당들이 몰려 있어서 점심 저녁으로 들린 소리들은

속 터졌던 그 속은 팔아버려라, 라는 당부뿐

산을 오르는 사람들에게 물어보더라
산사람이 되겠다고 작심했던 사람들 어찌 됐나, 묵묵부답

일요일에는 주인 혼자 저 공장 불빛 바라봐요

어쩌겠어요, 시간 빌려주는 곳간이라도 되어주어야 하는 걸

잔반 담고 있는 그릇으로는 부족해요

낙향하면 어디선가 또 다른 길이 묻겠죠

해창에서 한 번도 못 본 듯한데 뉘시오?

* 해창 : 전라남도 해남군 면 소재지 지역명.

염문설

애인이 되는 시간은 채 오 분도 되지 않았다

소문아, 고마워

우린 정식 애인이 된 것 맞지

어느 때나 연락할 수 있어서 좋았다

전화가 또 온다

여행 왔는데, 스페인 마드리드라고 한다

재밌게 놀다 와, 라고 말하며
끊었다

홀로 걷고 있는 이 오후의 시간을 얻었다

처음은 아니지만

그 기회에 맑은 하늘을 쳐다본다

당장 길거리에 일어날 수 없는
한 가지를 상상한다

결혼

결혼도 잠깐, 거리에 몰린 사람들이 보인다

궁금증 때문이기도 했지만
그곳을 본 순간,

들뜬 장면도
아니고

추억이 될 모습도 아니다

그에게 전화가 왔다 내가 자기 차기 신부가

된 것처럼

해외에서 데이트 날짜를 잡는 것이
영광인 줄 알았다면

감정 뺏는 너,
끝이다

제2부

얼굴이 타도록 쳐다본다

발행 연도

파도가 학생이 되겠다며 나타나서 내 오른팔에 자기 것을 끼어 넣었다 아이 아파, 하고 비명을 지르게 했다 왼팔은 내 것인데 오른팔은 공동 소유인 그런 삶에서 그해가 언제쯤인 지 가뭇하지만 방방곡곡 눈물바다가 되었던 기억은 생생하 다 2014년 동전이 발행되면 그 프로펠러는 멈추지 않을 것 이다

비현실적

일명 경춘선, 길을 만들었다
경춘선과 명칭이 겹친다
망우에서 춘천까지 구간은 같은데
역장도 없다
선로도 없다
민가도 보이지 않는다
마냥 기차를 기다리고 싶은 분들
새벽부터
앓아라
무작정 병아리처럼 몰려오다
스스로 간이역이 되어
타고 갈 곳이 되고 있다
갈망 같은 것을 바싹바싹 씹는
소리가 난다
연애할 시간이 더 급했나
그 여자 나이도 알 겸 해변으로 가는
역이나 하나 생겼으면, 하고
말을 하자 뚝딱 역이 생긴다

역으로 몰려든 사람들,

일명 경춘선에 경춘선의 비화(悲話)를 써줄

그들만 태우고 있다

셔츠

셔츠가 아닌 것을 셔츠라 한다 셔츠를 입고

비를 맞는다 비 갠 뒤 셔츠는 셔츠가 스스로 챙겨야 할 셔츠

비 갠 뒤, 숲은 청량감이다

비를 맞아본 셔츠는 무형이 드러난 형체라는데

불분명한 물질을

가공의 협곡을 향해 멀리 던진다

셔츠의 어떤 용도가 전개될까

무형은 알아차리지 못해도
소실은 안 되겠지 뭐

셔츠가 명확해질 때까지 셔츠의 시대는 아직

끝나지 않았는데

셔츠의 기능은 보통, 물 철철 흐른 저수지이다

병아리 두 마리에 새끼 오리 세 마리의
단추를 잠그고

슈트처럼 단정함을

셔츠를 입고 출근하는 저 사람의 직업이 궁금하지
않아야

셔츠이다

돌발 답변

안녕하세요 반려견 사망신고 하러 왔어요

아, 네, 담당자 연락처 드릴까요

언제 오면 되나요

(서류를 주면서) 모레 오세요

바로 화장하러 갈 건데요

일단 접수는 하세요

화장할 때 수의를 입혀야 하나요

내일까지 연가라서
모레 와야 합니다

화장은 얼마나 걸려요

아 담당자 모친상 당했어요 그런데 선생님은 누구세요

아, 네…… 강아지여요

힘들었겠군요, 죄송해요

자꾸 말 걸어서

블랙핑크 대책

막고 보자 당장 둑을 쌓아야 한다
나한테 강물이 밀려들면 무엇으로 막을까

제방을 쌓으려 하지 말고
나를 단단하게 했던 것으로 막는다

그럼 신조?

신조 말고 좀 더 근사한 노래가 없을까

막는 실체를 찾아보는 시도를 해보는 거다

적절한 타이밍은 걸그룹이 되는 것,

그나저나 우리들은 멸실된다

운명을 극복해야 한다는 답변을 들었다

프러포즈를 구애라고 알고 했다면 프러포즈의 방향을 모
를 리 없다

붕괴의 경보가 있다면,

자신과 자기의 구별을 알려주는 노래를 들으렴
어떻게든 형체도 없는 난관을 감정부터 다스리렴

노래의 힘만으로 될 수 없겠지만
먼저 춤이라도 추며 막고 보자

강의 입장에서 보면 근래에 없는 반응이다

바다의 부작용

바다다, 라고 말한 순간 바로 죽었습니다
바다가 그랬습니다
그것을 모른 사람들은 바다만 보면
바다다, 라고 말합니다
이번에도 말한 이들은 바로 죽었습니다
또 바다가 그랬습니다
바다를 모르는 사람들도
죽기는 죽는데 사람처럼 죽습니다
죽는 순서만 다를 뿐입니다
죽음을 알아버린 이들은
반격을 시도했습니다
토석을 파서 바다에 묻습니다
산처럼 쌓으려고 합니다
바다는 죽이기는 잘하지만
사람들의 마음을 알 수 없습니다
바다를 전부 채웠습니다
어느 곳은 초원이 되었고 어느 곳은
사막이 되기도 했습니다

바다를 죽일 이유가 사라졌습니다

죽은 형식만 남은 바다,

바다는 바다로 남고 싶지 않았습니다

석양의 예(例)

서쪽은

동쪽의 그림자이다

낮 동안

각방

당당하게 꾸민 것에는

아이를 낳는 것까지
되어 있어

일몰에 다가선 느낌이야

확 느껴

절망에 태양은

필수 요소

너의 심장 상태가
체면이 걸렸는지도 모르겠어

연애만 할 거니
결혼은 안 할 거야

어제 태양과 오늘 태양은
다르다는 듯

결정만 남았는데
썰물인 거야

지하방은
석양의 예(例)로 할 수 없어

그릇

수없이 자고 일어나도 없어지지 않는 수많은 날의 그릇*

오늘은 어떤 그릇이 되어볼까

닭발 먹고 싶은 순간을 담아볼까

어제는 팩스를 잘못 보내 마감을 놓쳤던 실수만 있었던
실수 그릇
  꼭 코끼리가 밟은 것처럼 황당했던 그릇

어떨 땐 절망 때문에 절망의 그릇이 될 법도 한데
절망만 귀때처럼 붙어 있다

배가 고파야겠지

언젠가 먹었던 기억도 있어야겠고, 추억처럼 그립기도 하
겠지

있을 곳은?

시간이 지나서 보면 용량이 부족했던 흠이 있었다

자고로 그릇과 그릇(器)을 구별하기 위해 그른이 되어보
려고 했던 것인데
혼란만 생겼다

유업으로 넘겨버리자고 모의한 나의 룸메이트
너나 나는,

대접이나 사발이 그릇 자격으로 가족의 용량을 온전히
담을 수 있을지 내내 고심했던 터라

속 시원하게 기다릴 수밖에

닭발의 맛까지 담을 그릇은 없다

그런데 상계동 지하방에서 가족끼리 술안주로 먹는 닭발
처럼
맛있는 것은 없었다

이래저래 그른의 개념을 후대에 넘길 수밖에 없다

* 그른 : '그릇(器)'을 발음대로 쓴 것.

천 냥 하우스

누런색을 슬렁슬렁 흔들다가 철근처럼 올린 꼬리

골목의 지관으로 등장한 견공들이
'천 냥 하우스'가 들어선 명당을 가리킨다

어떤 궁핍에도
어떤 압박에도

작업복의 지위를 높여줄
천 원짜리 옷걸이가 가장 당당히 팔린다

죾음*

죾음의 어원을 찾다가 생각해낸 어휘이다 툭툭 존엄에 말
을 걸고 있었다
칼바람을 꺾을 듯 그 정도로

모든 유혹을 뿌리치며
홀로 창조의 형태인 듯 태고의 어원을 뽑으며

침묵해야 하나 침몰해야 하나 이에 맞는 판단이
없을까 봐
점점 좁히고 있다

옆에 있는 자작나무 숲이나 옆으로 지나가는 고양이나 옆
에 없는 어머니나
어떤 상실감이나

아무렇게,

너는 다시 혼란스러워서 기름을 부어야 되겠구나

서럽다 싶을 정도로 서 있다
발목을 접질리고 난 후 처지처럼

굉음도 집 무너진 것보다 더 크게, 사라진 것도 전동차보
다 더 빨리,
지겨운 것도 흙더미보다 더 많게

서서 있는 '좒음'은 신력인가

나는 내게 있는 향기를 꺼내놓아도 달려들지 않는 벌들을
보며
정황을 정할 수 없는 미세한 너를 본다

틈이 없다시피 한 곳에 너를 끼워 넣었던 이 가로와 세로의
궁금증이 좒음이다

* 좒음 : 조어.

해상풍력

와, 바다다!

거기까지만입니다

신안 바다로 들어갓

들어갔으면 손들엇

귀 바짝 대고 들엇

들었으면
돌아섯

돌아섰으면
다시 돌앗

힘껏 돌앗

근육 핑계 대지 말고 돌앗

어머니,
천상에서 아버지가 술 한 잔도 안 마시고
우리들을 위해
시켜요

간식용 휴식

할머니 방만 고요하나
달걀은 더 고요하다

나뭇가지가 꺾인 바람에도
닭들은 알을 낳는다

그럴 때마다
알은
호구지책 형이다

밤샘 일을 하고 온다

계단을 오른다

집보다
소속을 더 원한다

간식용으로 주어진 시간을

갖다 쓴다

잠깐 졸아볼까

간단히 쉬기 위해서
꿈은 꾸지 말자

가로등 꺼진 계단 중간쯤에서 앉는다

넋 나갈 지점은 아닌 듯

침착할 수밖에 없다니,

그 달걀 껍질을

벗길 차례가 되었다

도열

이 거리를, 상점이 열 곳도 안 될 것 같은 이 거리를
걷는다

많아야 종일 다섯 명 정도가 우체국에 들어가고
한두 명이 짬뽕집에서 나온다

가로등이 저절로 켜지지 않는 이 거리는,

아침에도 퇴근하고 저녁 아홉 시에도 퇴근하고
새벽 한 시에도 퇴근하는 공장이 몰려 있는 곳은 아니다

삼 분 이내에 함석집을 보지 못하면
쓸데없이 자전거를 타고 갔기 때문이다

사람들이 몰려 있을 이유가 없는데
삼십 분을 꼬박 있어도 버스는 오지 않기 때문이다

비가 올 것처럼 흐려도

쌀가게는 들르는데 옷 가게까지는
모르겠다

그만그만한 사람들 중 살인범으로
잡혔으면 모를까 TV에 나올 만한 위인은 없다

한밤중에 화약 터지는 소리 듣고
주변이 차 야적장처럼 도열했는데

탄광촌을 헷갈리게 하는 부분은 없다

개시의 경우

공식 업무는 오전 아홉 시부터

숲속은
새들이 울 때부터

강의는
정각 십 분 전부터이지

일반적인 약속은 딱히 정해져 있지 않아

오늘은 불면증인가
해가 지는 줄도 모르고
있었네

국이 끓는 시간은
국이 끓을 시간상으로 짐작하게 해

시간상

식당 문 열 때가 됐는데

기다릴 때는
보편적으로 삼십 분은 넘지 않지

기차 탈 시간만큼은
정확해

그런데 행사 시작은 주최 측이 정한 대로야

두서없는 사설 작작 떨고,

배고파 죽겠어

나이 그릇

엄마이므로 달라졌다
버릇처럼 행태를 인정하는 것부터 바꿨다
목표를 목표의 달성으로
정해놓았다
모성의 목표는 모성애
모성애의 달성은
무릇 사랑이다
막내가 있고 장남이 있고 장녀는 엄마였으므로
그 사이에 다섯 명이 있었으므로
대가족으로 명명됐다
학업부터 생업까지 다르면 다른 대로
같으면 같은 대로
가족 중 엄마만 무학이다
혈육이라는 공통점에서는 의심의 여지가 없다
육식이냐 채식이냐를 떠나
밥상에 올라온 반찬을 보고
대부분 실망을 하지만
식성보다 현재의 결핍 때문에

투정으로 수위를 맞춘다

막냇동생 실종의 경우만 보더라도

엄마 몫이 버젓이 있다

아빠가 없는 몇 년

없다는 것의 상실을 고스란히 받았던 엄마도

없을 날을 기다리고 있다

한탄이 보이지 않을지라도

들리는 한탄인데

요양원 입소 상의를 위해 가족들이 모였다

뒷동산 찔레 꺾어 먹던

유년의 추억으로 상쇄될 것 같지 않는다

그날 밤,

엄마의 나이 그릇을 깨끗이 닦아놓고

얼굴이 타도록

쳐다본다

꽃에 꽃 피는 꽃

왼의 좌, 오른의 우

둘은 스텝에 맞춰 춤을 추며 앞서거니 뒤서거니 하이킹을
합니다

시작의 반대말 끝이 끝의 반대말 시작을
넘어뜨리고 끝의 반대말 시작은 시작의 반대말 끝에 당하
기도 합니다

좌우 둘 다 도로의 양옆을 팽팽히 지키고 있다

앞서다 뜻의 선과 뒤서다 뜻의 후가
옆구리를 뛰쳐나와 펄럭입니다

벌판을 흥분시키는 종달새가 날고,

사슴의 산에 비하면 기린의 산은 목이 더 길어
개구리 잠 깨기도 전에 입이 탑니다

기린과 사슴은 높고 낮을 뿐
앞서다 의미의 선과 뒤서다 의미의 후가 생기지 않습니다

왜? 낭만이 아니라서

김밥과 초코파이가 뚫어놓은 가슴을 정상에서 날려봅니다

열다 의미의 개를 활짝 더 벌려놓고, 닫다 의미의 폐가 똥
개처럼 도망칩니다

옆에서 코스모스 바람을 타고 에스프레소를 마시고 싶은
날입니다

앞에의 의미 선과 가볍다 의미의 경이
기다려주는 기술을 쓰고 있습니다

꽃잎들이 뿌려질 듯 바람을 타고 있습니다

빨강의 적

노랑의 황

꼬일 것 같은데, 겹칠 것 같은데, 피고 있습니다

세상에나

세상에나

제3부

적막해서 시끄러운

영락공원

부모 단둘이 월미도만 한
산골을 지키고 있습니다

껑거리가 없어 나비를 띄우는

한식날

도처에 전화가 널려 있는 곳으로 옮겨줬습니다

적막해서
시끄러운

귀 잠시도 열어놓지 못한다

랄랄

랑랑으로 되어야 했는데,

랄랄

날라로 쓰려고 했는데,

랄랄

널널로 돼야 되는데,

랄랄

랄랄의 형체는 몰라요

랄랄의 기분도 몰라요

입으로
맴돌고 있는

랄랄

입으로만
맴돌고 있을
랄랄

랄랄

랄랄

루머

빛은 어둠이라는 루머

어둠은 빛처럼 퍼진다

아빠가 루머 뒤에
숨어 있다

흙 속에 있는 빛은
갱도 깊은 빛은

광물이다

빛 캐러 가는 중입니다

빛이 매몰됐다

어둠이 빛을 끌어낸다

어둠이 빛이라는 루머

빛은 빛

빛은 아빠였다

옥수수의 실수

자갈밭에 버려진 그 책을
옥수수가 데려왔다

옥수수는
흙에서 거름과 물을 먹고 자란
것밖에는
하지 못해서

동네 K에게 달려가
돌보는 법을 전수받고

전수는,

하얀 백지에
외장 등록과 내장 등록을 하는
연습이었다

키울수록

반려견?
햄스터?
그렇게 될 것이라 희망이 부풀었다

여름, 여름, 갈수록 여름은
뜨겁다

옥수수도 열매를 맺고
옥수수도 맛을 내야 하는 자기 일에
정신을 못 차리고 있다

국립중앙도서관에서
연락이 왔다

착오가 생겨서
다시 데려가야 할 것 같다는 것이다

괜히 수염을 기르는 시간까지

아껴가며
돌본 것 같다

급히 K에게 달려가 사정을 말하고
읍소했다

K는 축산과장이 아니라는 듯
당장 주소부터 옮겨요
라고 말하면

끝인가

(제목은 따로 없다)

아버지가 중앙동2가 목포 동양척식회사를 돌아

참사랑 요양원 209동에 들어간다

겨울 넝쿨로 지내고 있다

뿌리는 땅속 깊이 뻗어 있어서
당분간 근심할 일은 사라졌는데

기침 몇 번 겨드랑이로 잘못 튀겨
식구들이 한바탕 웃던 날,

아버지는 돌아가셨습니다

그런데 기침으로 제목을 정해야 되지 않을까요

너무 많이 울까 봐

코코넛이 젤리가 아닌 것처럼

도넛을 들고 가는 형태입니다

물어볼 거죠, 뭐냐고

알 필요 없습니다
그러면 도넛을 구입했던 곳이나 알려주세요

캐릭터 가방을 들고 가는 사람으로 하겠습니다

일상적인 것은 싫지만
그렇게 하겠습니다

아, 캐릭터 가방을 들고 가게 되었군요 예의적입니까

디자인과 가격으로 취향이 갈리는
복합적인 물건입니다

가방을 들고 가니 사람이 달라집니다

손가방은 손가방대로

짐가방은 짐가방대로

가방을 좋아하는 외출이 가방을 좋아하지 않은 주방에게
가방의 종류를 물어봅니다

대답은 맛있지 않아요, 라고
말합니다

가방을 동문서답하게 하는 것이
가방의 특징입니다

놀이터에 홀로 남겨진 아이가 달려와서
가방을 와락 껴안습니다

엄마, 엄마인 줄 알고 엉엉 울고 있습니다

엉뚱하게 되어버린 가방이
수습을 위해서
엄마가 아닌, 도넛이 된다

제주 농민

쉴 겸 왔는데, 애월에

터전 잡으러 온 것처럼 신경 쓰였고

치킨 가게는 아예 하고 싶은 생각도 들지 않았고

정선에 사시는 노모는 추석 이후에나 한 번 올 줄 알고 있었다고 했고

양육비는 꼬박꼬박
부치고 있는 중이었으므로

바다를 보면서도 외로울 때는 짜증 먼저 난다

자신에게 먼저 베풀라

한꺼번에 할 수 없어 숙소부터 따뜻한 곳으로 바꾸는,

제주 생활

한 끼가 가족 밥상과 다름에 있어도

바람이 먼저

그냥 제주 농민이라며 나를 툭 친다

왜 내 일이 아니냐 하면

고지서가 쌓여도 잠잘 시간은 다가온다

어제보다 근심 일 리터 많았던 오늘 하루가 넘어가네

나는 이른 세수를 하며 거울을 본다 눈곱이 끼었다
초라해지기 싫은 최소의 양이다

망설여지는 내 모습을 봤다

두 팔 벌려 걸어 다닐 수 있는 가로수 길은 있었나, 내 일
에

내 일이 내와 일의 띄어쓰기밖에 지금은 없고,

미래의 내일은 내 일을 놓친 과오로 합류한다

꽃무늬 테두리 전신 거울을 샀다

벽면 거울에 있는 수평이 살짝 기울 때마다

어깨의 비중이 달라진다

감기와 비염을 구분 못 한 무지가 내 인생의 콧물이었단
말인가

있어야 할 것은 손수건,

전에 살았던 달동네에서도 손수건 들고 흔들어야 잘 보이
지 않았던가

손수건은 내 빈 곳을 비쳐주는 거울

때도 없이 생기는 낙심 때문에 이름까지 확 바꿔볼까 하
다가

바짝 더 붙인다

내일이 온다

날 좀 보소

아름다움을 부정했던 그는

태양의 기운을 받고 싶어서
아침 태양을 보며 양팔을 활짝 벌리고 있다고 했다

나는

무속인이나 그런 줄 알았다

그런데

나도

초원 같은 넓은 곳을 지나면
나도 모르게 양팔을 활짝 벌리고 있었다

태양에게 당한 걸까

나는 아직도 연못에
내 얼굴을 비추고 있는 중이었는데

연못이 사람처럼 쳐다보니

내 얼굴은 판촉용
내 표정은 할인용

해서

나는 야간조 시간에 출근하면서도

우아함에 더 신경 쓰기로 했다

우리도 보편적으로 살자

숲에 볕이 깔린다

이내 갈색 다람쥐 두 마리가 꼬리를 흔들고 있다

"밀지 마"

전까지 서로 다퉜던 짓

소나무 숲길

다람쥐는 자기 길에 있는 도토리를 치워준다

사람들도
다닌다

등산객을 보고 다람쥐가 물러나면서 꼭
할 것 같은 것 하나,

앞발을 올린다

왕래해도 된다는

신호

그것들도 보편적으로 산다

운수 없는 날

숙제를 하다 만 듯 구름 끼었다

대충대충 채워진 용량은 아니고

반딧불 앞에서
혼선은

일하다 만

발각이다

일전에 꽃을 찾아갔던
부전나비는

허상인지
자연인지

부르는 데로 돌아오지 않는다

정돈되지 않는
지경은

운수 없는 날

위로의 풍경

모퉁이 한 칸

이 한 칸에는

'트와이스' 노래가 종일 들리기도 해

거긴 침착한 곳이 아니기에
신기해

비 오는 것도 그렇지만 눈 오는 것도 싫어한 것 같아

금요일부터 그곳에 호떡을
팔고 있었어

돗자리를 아예 깔고 소문내고 싶어
터가 저절로 잡혔거든

방학 내내 비어 있기도 했지

비워드렸을 거야

내년도 것까지 알리지 않아도 돼
추켜세우지 않아도 돼

버릇처럼 와주기만 해

쓸 때는 일목요연하게 정리나
하고 쓰게나

저수지의 경우

대상에 대해

부정하려면 먼저 밥을 굶고
나서 시작하면 쉽다

애 실종자를 찾는 오늘의 수위는
눈물뿐

낚시를 하는 어제의 수위는
평안뿐

룰(rule)을 부정해보자

보는 하늘이
달라지나

아침 하늘, 저녁 하늘이
따로 있냐며

비가 쏟아지면서
범람하고 있다

물과 룰

저수지의 룰 중
익사체는 반칙이나

빗물은 유효이다

모놀로그

어디다고 여기까지 찾아왔어요

그럴듯하게 살지는 못해도 비슷하게는 있으니 걱정 마세요

차비는 드릴게요

칠준이 놈 영치금 부족하면 그때나 전화하세요

역전 사무실로는 안 돼요

인부들 사고파는 데 혈안이 된 곳이어요

그리고 다음 달이면 며느리 애 낳을 거여요
딸이래요

좋아서 한 얘기는 아니고,

아 그 개 같은 병원은 가지 마세요 사고 쳤대요

저 개명할 거여요 목사님과 상의했어요

여호수아처럼 끝까지 살아남으라 했어요

순경들이 혹시 내 이름 물어보면
알고 있는 그 이름 가르쳐주세요

우상 숭배나 하라고요

차 시간 놓쳐요
가다가 무조건 첫 번째 오른쪽 모퉁이로 트세요

시도 때도 없이 전화는 하지 마세요

이빨 남아돌아서 이 악물고 산 것은 아니어요

지금도 꽃사슴 무등이 눈 맑아요?
죄송해요 잘 가세요

정원-결원=현원

폭우로 방이 전부 잠겼다 이불 먼저 건졌다 그리고 모두 넋을 잃었다 며칠 뒤 장례 절차가 있었고 가족 중에 결원이 생겼다

제천 목욕탕에 화재가 발생했다 미리 재앙을 바꿀 운명의 센서가 없기에 29명의 죽음을 막지 못했다 자연 감소 결원은 아니다

엄마는 정원 외 인원이다 서울에 엄마와 같은 한복 차림은 명절 때 잘 띈다 광화문에서 종일 엄마 같은 사람 동원해 주는 행사가 있다면 흥겹다 서울을 산골로 환기시킬 것이다

일 년에 꼭 몇 번은 건물 참사가 일어난다 붕괴된 것은 건물이지만 사람들은 하늘이 붕괴된 것처럼 느낀다 하늘은 정원이 찬 울창한 원시림이다

박물관에 견학 온 어린이집 원생들의 정원도 그렇다 칙칙폭폭이거나 쩍쩍쩍쩍이거나 이탈하지 않으려고 기차로 참

새로 꽉 붙들려 있다

　백 날, 천 날, 울부짖어도 사망은 결원이다 결원을 회복할
차례가 되었다 있어야 할 정원이 40명인데 결원이 29명이라
면 사라진 결원을 영원한 현원으로 채운다

　꿈일지라도 내일부터 결원은 없다

위험이 위험해질 때

머리 자르면 짧을 것 같아 그대로 두었어 그게 원칙이고 기준이야, 일이 된 과정에 내용의 경중은 전혀 없어 그냥 막 하고 본 거지 보수가 있는 근무와는 전혀 상관없는 애매한 것이었어 선동한 사람들도 더러 있어 명확하지 않은 실체일 거라고,

출근해서 바로 퇴근하고 퇴근해서 바로 야근하고 야근해서 쓰러지고 쓰러져서 응급실 실려 가고 죽었다가 깨어나도 기준이 될 수 없는 영역이야 위험이면 위험이 아닌 것이 아닌 거야 거기에 첨언까지 더하면 더 이상 위험 안 하다는 말 못 할 것 같아,

불쌍해져라, 불쌍해져라, 자꾸 말하면 말처럼 되는 정말 위험한 주문, 버릇처럼 공식으로 외웠어 장터가 아님을 누구든지 알 수 있는 현장에서 공터에는 아무것도 없다는 그런 인식이겠지, 우리가 원한 건 점수와 정답, 실수를 명확히 잡는 수순이야 일이 안 풀린, 정말 이구아나와 관련 없거든,

이상한 일이 자꾸 반복돼 사표 쓴 것을 옆에서 처음 봤어, 칼이 들어왔어 이젠 출근도 없고 퇴근도 없고 야근도 없어 깨끗해졌어 눕고 보니 알겠더라고 따뜻하려고 누웠겠어 함께하려고 누웠지, 일이 안 풀린 경우는 일단 외면하게 되어 있어 잠깐 고양이를 안아볼래 가족이 되겠다고 약속해볼래 얼굴을 팍 돌리는 것 보이지, 입술이 파래졌던 모습이 사표였어 위험이란 항상 두리뭉실하게 떠 있잖아요 그렇담 어떻게 한다고요? 추출한다고요

　실패해도 실패가 되지 않는 성공한 실패를 연구하고 있어요 현실 자체도 이상해졌지요 그만 언급하고 위험합시다

제4부

혼란에서 나를 구해주렴

의견 불일치

빈집 대문 밖, 서너 발짝
물통이 버려져 있는데
용도를 확정할 수 없다는 것이 빈집의 한계
물통의 범위를
넓히기 위해서는
주인이 들어와서
내용물을 바꾸는 수밖에
추워서 몰려들 때
그것도
가족 단위로 데리고 올 때
석유통이 될 수 없다고 생각하는 사람
새벽 시장에서
콩나물국밥
먹은 사람 중에도 있다

무효의 유효

하루의 레몬은 레몬의 하루가 없는 날 없이 상쾌한 아침
으로 출발합니다

안녕하세요, 라고 했던 인사는 시큼한 맛을 내며 안녕, 안
녕 모두들 안녕이다

그런대로 시작은 무효가 아니어서 다행, 그동안 잘 견뎠
지? 노랗거나 노랑의 압축미를 이룬 지향이었거나

중간중간 수사를 넣을 때에 셰프가 적합하다고 하면 땡!
원인 모를 기호만 나이테처럼 나타난다

스스로 아주 쉽게 끝날 활동을 해서 더 쉽게 끝낼 의도는
무효의 버전이므로 레몬은 다시 레몬으로 돌아온다

비벼 먹을래, 아니 싫어 싫어하며 변덕을 부리는 너를 '중
복 욕망'이라고 정리해볼게

레몬의 하루가 없는 레몬이 떨어졌다 자기 영역이 꼬인 창자처럼 튀어나오면 무효는 동심밖에 보이지 않는 레몬에게 하루를 빌려주는 곳,

빽빽하고 복잡하고 하는 것이 전혀 없는, 하물며 상상마저 파쇄된 여백이다

무효의 결합을 잇는 무효의 레몬을 보자면,

불쾌한 아침도 그 호르몬에 상쾌한 아침을 흘려보냈던 것입니다, 안녕

햇볕 그 햇볕

내가 수련이 아니기에 수련을 모른다

그래서 수련을 본다

좌정하며 본다

뒷면의 나날들은 볼 수 없다

낙심만 생긴다

더 이을 감정은
쓸쓸함이다

심연(心淵) 어디에 관산이 있었다지

하, 이름 모를 꽃들이
들어 있을 거야

꽃들이 만발한 데
수련이 없을 리 없지

수련이 없는 척 안 하고
수련은 피고 있다

햇볕 어제 그 햇볕 그대로

그들은 태풍이라 할지 모르지만

들어가고 나올 때,
문턱에서

방해꾼은
아이돌 가수 같은 나이

아직은 어려서

교실이 아니라 교실 같은 것, 그것이
막고 있다

태풍 같은 것으로 바꿔볼까

태풍의 적도 태풍이라는
뜻이 아닐까

자기 적은 자기라는 이런 말은 정말 싫어

빨간 옷을 입어봤다

빨간 머리 염색을 해봤다

창업반 스타일 아니지?

나오고 들어갈 때
동굴처럼 어둡지 않아

그런 나
아닌 나가 되어도

나는 경로만큼은 절대 못 바꿔

딴 내용

노들섬 밤 여덟 시 보름달의 버스킹

혹은 홍대 클럽의 여인들,

그것은 그렇고

나는 언뜻 고택 주위를 러닝셔츠 차림으로 살펴본,

배 쏙 들어간 노인을 보고

비 새는 근심을 한 것보다

덜 고독했으면 좋겠다는, 딴 내용의 책장을
넘긴다

소라

방사륵*의 언어가 엮여 난생형(卵生形) 대열로 들어설 때

수백 구경의 음률은 파란색 골격 화음의 내면적 귀의

소용돌이치는 늑(肋)이 깃털 날리듯 뿌옇게 혜윤하면서 격
발의 선상에 올려놓고 공명을 윙윙 돌리는 가동에 들어간다

무의에 딸린 무수한 궁여지책 중에 처량해지는 구술 주변
을 맴돌다가 터벅터벅 밤늦게 들어오는 홀로의 낭독 시간에

소라는 태초의 원시음을 차근차근 터득해가는 나선의 대
처이므로

원근의 마찰을 만나 와장창 깨지는 속(續)의 포효로 풀립
니다

* 방사륵 : 조개껍데기 겉면에 있는, 부챗살처럼 도드라진 줄기.

바람은 아니다

바람은 바람이 분 순간 바람은 아니다

그러니까
버스 의자에 떨어진
남의 지갑을 들고
내렸다

그리고 얼른
300번 마을버스로 갈아탔다

300번 버스에 내리자마자
모범택시를 탔다

버스, 버스, 택시 순이다

마지막 택시에 내릴 때는
마침 하수구가 지나는 곳이다

얘기가 되게 하려면
하수구는 추접스럽다는 뜻 아니겠어요

어디서부터 걸어왔는지 모르지만
들린 한 사람 말,

어쩌라고?

아무 때나 그 말을 하고 싶은 나이인데
어느 곳에서나 해도 되는 체격인데

휴게실 의자를 그들이
선점해버리면 그 바람 어디로 불어

어디긴 어디야
말한 자신이지

클리어링

카운트다운 열, 아홉, 여덟

그분 콧잔등 땀 보여, 콩나물 버스를 타고 출근했다는 생
각은 덜 든다

믹스커피를 마셔가며 야근을 하는데

눈물 한 번 흘리지 않고
고향 집에서 전화를 받지 않는 동료는 없었으므로

어둑한 거리에서 비틀비틀 술에 취한 사람들
언뜻 내 처지려니

악어가 사자를 삼키면서 벌리는 입들이 천지에 널려 있어
팔짝팔짝 고라니는 이미 숲 밖으로 탈락

일곱, 여섯, 다섯

내 모습들 인생 최대 전성기를 들여다봐
나무 위에 올라도 보이질 않네

화력발전소 상공 위 햇볕이 너덜너덜거려
울타리가 터져버렸다고들 해

나가서 빚진 공사판
철문 저 멀리 차버리고 넷, 셋

최종 카운트다운

둘, 하나, 땡! 클리어링

* 클리어링(clearing) : 축구에서 자기 진영의 골문 가까이에 온 공을 멀리
  차내 위기 상황에서 벗어나는 방법.

훨훨 나는 나비야

온갖 밤이여
혼돈이여

망가져도 하루가 지났지

이제 누워 있을 시간, 당신들이 나비를 가져다줄 때까지
나는 기다린단다

공중 저 멀리 갔었고, 그곳은 영역이 되지 않는 태초의 땅

꽃이 피지 못한 곳까지 와버렸어

나비야

내 머리 위로 날아다니고 있는 곤궁이여

어서 가렴

오늘 아파서 종일 누워 있는 모습밖에 줄 수 없어

독수리처럼 눈깔에 불 켜도 나는
증오할 수 없어

나비야

나는 기다리고 너는 내가 가지 못한 나라로 가거라

무위는 혼란

혼란에서 나를 구해주렴

아무도 밟지 않는 원시림의 시간만
기다리고 있구나

누가 보지도 않고 누가 오지도 않는 초야(初也)

나비야

너에게 나를 데려다주오

창성장

창성장은 목포에 있는 여관이다 1963년 함 씨가 선원들의
숙식으로 시작했다 생선집과 잡화상 그리고 자개농집 상점
가에 파고들어 외로이 정붙이고 있다

조기 상자에 파리가 들끓다가도 창성장 할매가 한 번 핑
둘러보고 가면 파리는 언제 있었냐는 듯이 사라지고 없다
이래 봬도 여장부 함 씨의 손에 선원들의 신상이 쥐어졌다
펴졌다 한다 함 씨가 꼭 전면에 나타나는 것은 아니다

또 집쥐는 어떤가 천장에서 굿을 하다가도 함 씨의 고성에
죽은 듯이 조용해진다 동네 전신주 하나를 사이에 두고 함
씨의 여과되지 않는 삶이 한나절 볕에 수그러들기도 한다

묘한 풍경이 가끔 일어나기도 한다 골목이 좁아서 리어카
한 대 들어갈 정도인데 리어카와 경운기가 서로 만나면 그
날은 종친다 리어카 주인은 가는 것을 포기하고 보리마당
복덕방에서 종일 술을 마시고 경운기 주인은 짐 싸들고 무
안 아들내미한테 가고 없다

안강망 배가 들어오면 위판장에 선원들이 북적북적, 가로
등 없는 적산가옥만이 신나게 구경을 하고 있는데 일본 영
사관 건물 옥상 태극기는 펄럭이고 있는지 찢겨 있는지 저
녁 내내 깜깜

 끄트머리 부라더미싱 집을 먼 산 보듯 하고, 그래도 열 명
이면 열 명 모두 쳐다본 부라더미싱 집, 선주에게는 가불하
고 금요일에는 전신환을 부치는 적산가옥 동네에 문 열린
부라더미싱 집, 주인보다 주인 할머니가 늦게 죽은, 문 닫힌
부라더미싱 집을 반나절이나 보고 있어도 빈방 없다고 하지
않는 창성장 여관

꽃은 핀다

가지처럼 갈라지는 길은 보이지 않는다

성인 네댓 정도
띄엄띄엄 걷고 있다

풀과 나무와 새들로 채워진
언덕길이다

시간이 지날수록
사람들이 몰려든다

불안불안

월요일의 길인데 토요일의 길이
될 수도 있겠다

소월을 모셔와 '진달래꽃' 시를 읊어주며
분산시키고 싶다

샛길을 찾다가 늙은 길고양이를 본다

수태를 할 리
없는데,

복면 속에서 울고 있는

시든 꽃잎

물음표

세상일은 안 생기겠지만
생기더라도

염소 네가 잘 알아서 하라, 라는 뜻이었는데

병석에 있는 엄마를

황당하게 한다

엄마를 한 번도 겪어보지 못한 뿔 위에
올려놓고

죽인다

동작으로 치면 눈 깜짝 한 번인데

죽는다

염소가 죽였다는 것이 아니라

염소가 마침
염소를 사러 온 장사꾼과
눈 맞았다는 것이

물음표다

강아지와 관계없는 일

궤짝 나르는 일은 두 명이면 된다

보아들 하니
젊고
덜 젊고

감독 김 씨가
덜 젊은 사람을
빼다

덜 젊은 사람 중 한 사람이 눈과 배에 잔뜩
힘을 주고 있었다

잡부로 뽑히려고

덜 젊은 사람이 보고 있는
추어탕 식당은
왜 트로트 노래를 틀어놓고 있을까

앉았는데, 시장통 철 의자에 고개를 숙이며
앉아 있는 그는 일어날 때야 고개를 든다

빈속이다

오늘도 집 나간 강아지는
돌아오지 않았다

천수천안 관세음보살 광대원만
무애대비심 대다라니경(천수경)

애인이 감옥을 털자고 한다

과거의 애인은 이미 변심했고
현재의 애인도 언제
그럴 줄 모르니 얼른 응답했다

기쁜 눈이 될까
슬픈 눈이 될까

눈이 내리고 있었지

곧이곧대로 오밤중에 하자고 해서 했더니
곧바로 붙잡혔다

교도소에서 나온 날

더 빨리 나온 애인이
트럭에 15년생 소나무를 싣고

마중 나왔다

키우시라

키운 내내 소나무와 소나무에 붙어 있는
송충이와 소나무를 돌보는 노역에
시달렸다

새들이 날아든 날은
면벽 중에 유리창 하나 생긴,

옴 살바 못자모지 사다야 사바하*

* 참회진언.

스웨터

엄마 영정 사진을 찍는 날

일생의 좌중을 한 번에 멈추고 그 안에서 골몰히 앞을 바라보는 한 방의 시선, 시장 냄새도 들어간다

느슨했던 안이 넘어졌는지 엄마의 얼굴이 카메라 앞에서 손님 쪽으로 살짝 기운다

엄마 스스로 올올이 물 수 있는 어금니 하나로 얼굴을 살짝 들어 올린다 힘들었던 무게는 내리고, 쪼그렸던 다리는 반듯이 편다

푸르른 날과 무성한 날을 곱해도 영이 되는 적자의 숲에서 내려오지 못해 항상 엄마의 앞치마는 땀으로 젖어 있다

비누칠을 해도 빠지지 않을 때 방망이질의 쓰임에 따라 한 방에 끝내려고 사진사는 필요 없는 각도를 버린다

버릴 컷을 버려진 시간으로 남아 있을 때 엄마는 살림의 다이어트를 위해 땀방울 하나하나 털실로 꿰매는 절약 스웨터(sweater)

코가 빠져도 스웨터의 구멍을 버리지 않는 센스, 엄마는 유산의 단추 하나를 남겨둔다

나는 아침을 먹기 전에 빼빼한 삶의 스웨터로 찍힌 영정 사진을 찾으러 간다

말들의 모험과 시원으로서 모성애

임동확

"말이 쪼들리는 곳엔 아무런 세계도 존재하지 않으리."

— 슈테판 게오르게(Stefan George)

　황성용 시인의 시들은 대체로 '재현(representation)'하기보다 '표현(expression)'을 지향한다. 외부 세계에 대한 정확한 모방이나 재현보다 자신 내부의 것을 밖으로 끄집어내어 표현하는 데 익숙하다. 어떤 대상을 묘사하거나 그리는 대신 작품과 그걸 창조하는 예술가 자신과의 관계에 중점을 둔다. 기존의 설명이 안 되는 자신의 감성과 정서, 느낌과 욕망 등을 표출하는 데 더 민감하다. 특히 그는 언제든 언어와 물리적 현실과 분리할 수 있으며, 그에 따라 새로운 의미 부여 가능성을 타진하는 언어적 탈영토화를 추구하고 있다. 그 자신조차 알 수 없는 그 어떤 현실을 주로 언어에 구축된 현실에 의해 이해하고 해석하려는 자기 표현이 주된 그의 시적 밑받침이다.

그런 그는 언어와 현실 혹은 '대상'과 실재가 일대일의 대응 관계가 있다고 믿지 않는다. 또한 "저수지"라는 '대상'과 거기에서 벌어진 사건을 제대로 드러내는 건 거의 불가능하다. 따라서 그에게겐 "저수지"에서 빠져 죽은 "실종자"에 대해 곧이곧대로 지시하거나 재현할 수 있다는 시적 "룰(rule)"은 의심 없이 따라야 할 불변의 규칙이나 시법(詩法)이 아니다. 오히려 곧잘 언어를 진위(眞僞)의 테두리에 가두는 그것들은 "부정"해가야 할 대상에 불과하다. 그의 시가 무슨 영문인지 모르게 죽은 "애"의 "익사체"와 그를 찾는 가족들의 "눈물"에 대해 구구절절 얘기하지 않는 것도 바로 그 때문이다. 어디까지나 그의 관심사는 무엇인지 알 수 없는 "저수지"의 "수위"와 "평안", "하늘"과 "비"의 "범람"(「저수지의 경우」)에 대한 그저 혼연하고 우발적인 인상이다.

그런 만큼 황성용 시인에게 시 쓰기는 단순히 감정의 발산이나 정서의 고조를 위한 행위가 아니다. 세계를 투명하게 열어 보일 수 있다는 자신감을 바탕으로 하는 재현주의적 관점보다 주위 환경과 연관된 인지적 요소를 포함하는 직관에 기반한 집요하고 고된 상징화 과정에 놓여 있다.

막고 보자 당장 둑을 쌓아야 한다
나한테 강물이 밀려들면 무엇으로 막을까

제방을 쌓으려 하지 말고
나를 단단하게 했던 것으로 막는다

그럼 신조?

신조 말고 좀 더 근사한 노래가 없을까

막는 실체를 찾아보는 시도를 해보는 거다

적절한 타이밍은 걸그룹이 되는 것,

그나저나 우리들은 멸실된다

…(중략)…

자신과 자기의 구별을 알려주는 노래를 들으렴
어떻게든 형체도 없는 난관을 감정부터 다스리렴

노래의 힘만으로 될 수 없겠지만
먼저 춤이라도 추며 막고 보자

강의 입장에서 보면 근래에 없는 반응이다

　　　　　　　　　　　　　　　—「블랙핑크 대책」부분

　지금 "나"는 일단 K-POP 3세대 아이들 그룹으로 미국 빌보드 차트 등에서 수위를 차지하는 세계적 인기 걸그룹 '블랙핑크'의 "노래"와 "춤"의 막강한 "힘"을 느끼는 중이다. 하지만 정작 그 속에서 "멸실"될 수도 있는 "우리들"의 관심사는 거기서 오는 느낌이나 감동 자체가 아니다. 마치 "강물이 밀려들면"

"당장 둑"이나 "제방"을 "쌓아" 막아내듯 그 엄청난 "실체"를 "막는" "시도"를 "찾아보는" 게 먼저다. 그 걸그룹의 "노래"에 무조건 동조하거나 몰입하기보다 "자신과 자기를 구별을 알려주는" 또 다른 "노래를 들"으며, 자연언어로 감당할 수 없는 감정 세계의 섬세함과 풍부함을 상징화하는 게 더 큰 과제다.

그러니까 "나"의 관심사는 "적절한 타이밍"에 "걸그룹이 되는 것"밖에 다른 도리를 찾을 수 없는 한 걸그룹의 노래가 선사하는 흥분과 고요, 미묘한 떨림과 꿈같은 감정이나 정서의 직접적 표출 따위가 아니다. "어떻게든 형체도 없는" "감정"의 성장과 소멸, 흐름과 확산, 갈등과 해소 과정에서 오는 "난관"을 "다스"릴 수 있는 상징화의 능력이다. 비록 막"춤이라도 추며 막고보"고자 하지만 그 어떤 "신조"로도 대항하거나 극복해낼 수 없는 육체적 감정 변화 패턴의 명료화다. 자연스러운 흐름에 순응하는 "강의 입장에서 보면 근래에 없는 반응"에 지나지 않을지도 모르지만, 엄청난 충격과 위력을 지닌 '블랙핑크'의 노래에 맞서 미세하고 풍부한 감각적이고 정서적인 감정세계의 특화가 "나"의 궁극적인 관심사다.

그렇다고 그가 언어의 두드러진 특징의 하나로 "다람쥐"가 "앞발을 올"리면 "왕래해도 된다"는 식의 "보편적"인 "신호"('우리도 보편적으로 살자」)로서 기능이나 지시적 의미론을 전적으로 거부하고 있다는 것은 아니다. 하지만 그에게 언어는 반드시 어떤 내용을 전달하기 위한 약정된 기호만이 아니며, 또한 실재와 대응하는 것이 아니다. 때로 그에 상응하는 실재적 대상

이 없기도 하며, 특히 경우에 따라 언어가 바로 하나의 사물 그
자체이자 '사물이 된 단어(mot-chose)'(사르트르)가 되기도 하는 언
어다.

안녕하세요 반려견 사망신고 하러 왔어요

아, 네, 담당자 연락처 드릴까요

언제 오면 되나요

(서류를 주면서) 모레 오세요

바로 화장하러 갈 건데요

일단 접수는 하세요

화장할 때 수의를 입혀야 하나요

…(중략)…

그런데 선생님은 누구세요

아, 네…… 강아지여요

힘들었겠군요, 죄송해요

자꾸 말 걸어서

　　　　　　　　　　　　　　　　　　—「돌발 답변」 부분

　얼핏 볼 때, 위 시는 "반려견 사망신고 하러" 온 민원인과
"담당" 공무원 사이에 일어난 짧고 평이한 대화를 그 바탕으로
하고 있다. 하지만 여기서 과연 신고하는 사람은 누구이고, 또
신고를 받는 사람은 누구인가? 자세히 살펴보면 "반려견" "화
장" 절차에 대해 질문하는 이도, 그에 대해 '대답'하는 이도 불
분명하기만 하다. 특히 민원인의 질문 자체가 어떤 요구도 내
비치지 않는다는 점이 특이하다. 차라리 "모친상"을 "당했어
요"란 "담당자"의 말에 "그런데 선생님은 누구세요"라는 민원
인의 "돌발적" 질문이 '답변'이 되는 이상한 대화 형식을 취하
고 있다.

　이처럼 이들 간의 대화는 그걸 통해 어떤 합의나 의미에 도
달하는 것을 목적으로 하지 않는다. 상대방을 전제로 하지 않
는 자기 독백적 대화로 독자는 이러한 문장과 마주하여 그것
을 소리 내어 읽을 때의 아름다운 울림을 느끼는 것으로 족하
다. 특히 그들 사이에 오가는 말들은 그 자체가 사물화된 대화
로서 "죄송해요//자꾸 말 걸어서"라는 문장이 주는 어떤 이미
지를 즐기기만 하면 된다. 서로 간의 대화를 통해 자신이 원하
는 답변을 이끌어내는 것이 아니라 그 질문 자체에서 출발하
여 거기로 돌아오게 하는 것으로 족하다.

　덧붙여 말하자면, 한편으로 일반적인 의미의 언어는 "느티

나무에 헝겊을 달아놓"은 행위와 같다. 분명 모든 언어는 마치 "헝겊"처럼 "일전에 조선소"에 "다녀왔"다는 "표시"이자 "액운을 물리치"고자 하는 일종의 도구적 성격을 분명하게 갖고 있기 때문이다. 하지만 언어가 어떤 사물을 지시하거나 명명하는 성격만을 갖고 있다는 "생각"은, 본질적으로 언어가 또 다른 타자의 용법을 흉내냄으로써 시작된다는 사실을 도외시한 "통상적인" 믿음일 뿐이다. 특히 언어가 "소나무" 등 "나무에 달린 헝겊"과 같은 물건을 가리킬 뿐만 아니라, 경우에 따라 그 자체로 아무런 의미 없이 사용될 수 있다는 것을 망각한 처사다. 마치 "배신과 소신의 구별도 없이 나무를 흔들었을//그 광풍"의 "헝겊"처럼 얼마든지 "알 수 없는 용도"(「헝겊」)로 쓸 수 있거나 쓰여질 수 있는 게 무한한 가능성을 가진 언어의 세계다.

그러니까 그에게 "셔츠"라는 단어는 사물을 지칭하는 하나의 명칭일 뿐, 사실 그것 자체로는 아무것도 아니다. 특히 어떤 경우, 그 "셔츠의 어떤 용도"나 "기능" 자체가 중요한 것이 아니다. 마치 "비"에 젖은 "셔츠"라는 말을 통해 "드러난" "무형"의 "형체". 곧 그로 인해 드러나는 "비를 맞"고 난 후의 "청량감" 또는 "철철 흐른 저수지"의 이미지가 중요하다. 마치 "셔츠를 입고 출근하는 저 사람의 직업이 궁금하지/않"은 것처럼 때로 "셔츠"(「셔츠」)라는 대상이 아니라 그 시어가 환기하는 어떤 사물의 실재가 더 실감 나는 관심사다.

예컨대 "주인"이 사라진 지 오래인 텅 빈 "빈집"과 그 "대문 밖"의 "서너 발짝" 떨어진 곳에 "버려"진 "물통"이라는 사물이 그렇다. 그것의 "용도를 확정할 수 없"다고 생각하는 이는 단지 그것들의 도구성이 훼손되었다거나 망가졌다고 믿는 "사람"이 아니다. 느닷없이 그 "물통"이 "석유통이 될 수 없다고 생각"하거나 "내용물을 바꾸"고 그 "물통의 범위를/넓"혀야 한다는 식의 전혀 엉뚱한 생각에 빠져든 사람을 의미한다. 특히 "빈집"과 관련된 서글픈 가계사나 "물통"에 얽혀 있는 구구절절한 "사연"(「의견 불일치」)들이 아니라 그 단어들 자체를 마치 하나의 사물로 여기는 언어의 물질성에 매료되어 있는 사람이라는 것을 나타낸다.

분명 어느 특정한 장소를 중심으로 한 그의 일련의 시들이 그 한 증거다. 그는 여느 시인들의 풍경시 또는 서경시들처럼 필시 어느 "시장통"에서 "궤짝 나르는 일"을 하는 "두 명"의 "잡부"를 대상으로 한 시에서 그에 대한 주관적인 감상이나 비애를 나열하지 않는다. 오히려 그보다는 그중의 "덜 젊은 사람"이 물끄러미 바라"보고 있는/추어탕 식당"에서 "트로트 노래를 틀어놓고 있을까"에 대해 더 고민하는 모습이다. 가시적인 풍경을 일관성 있는 총체로서 구조화하기보다 엉뚱하게도 "집나간" 이후 "오늘도" "돌아오지 않"은 "강아지"(「강아지와 관계없는 일」)를 떠올리고 있다.

극히 예외적으로 장소명을 그대로 노출하고 있는 그의 시 「창성장」에서도 이런 창작 태도가 확인된다. 현존하는 오래된 "여관"의 하나인 "창성장"을 소재로 한 시에서 그는 특정한 시점(時點)에서 일어난 사건에 대한 진술이나 그의 눈에 비친 풍경에 대한 묘사에 큰 비중을 두지 않는다. 대신 그의 시선은 그와 상관없이 "가끔 일어나기도" 했던 "묘한 풍경", 그야말로 "안강망 배가 들어"올 무렵의 "일본 영사관 건물 옥상 태극기"의 움직임이라든가, "주인보다 주인 할머니가 늦게 죽은, 문 닫힌 부라더미싱 집"(「창성장」)으로 향해 있다. 가시적인 풍경이나 현상적인 사건들보다 그 심층 구조 또는 어떤 사태들의 우발적 발현에 더 집중하고 있는 게 그의 주요한 시적 특징 중의 하나다.

기존의 독법에 익숙한 이들에게 낯설게 다가갈 수밖에 없는 그의 시적 모호성이나 난해성은 여기에서 발생한다. 다시 말해, 그의 시들은 현실 세계를 곧이곧대로 재현하기보다 그의 정신이 감각하고 경험한 사항에 능동적으로 개입하여 그것을 명료하게 파악하여 성공적으로 표현에 도달한 직관에 의지한다. 아니, 그런 의미의 직관을 언어에 의해 새로이 구축하며, 그걸 통하지 않는 진정한 현실은 불가능하다는 입장을 견지하고 있다.

숙제를 하다 만 듯 구름 끼었다

대충대충 채워진 용량은 아니고

반딧불 앞에서
혼선은

일하다 만

발각이다

일전에 꽃을 찾아갔던
부전나비는

허상인지
자연인지

부르는 데로 돌아오지 않는다

정돈되지 않는
지경은

운수 없는 날

—「운수 없는 날」 전문

　일반적으로 일단 독자들은 시 제목이 암시하는 바대로 "운수 없는 날"에 일어난 특별한 사건이나 일화를 기대하기 마련이다. 하지만 그런 기대와 달리, "구름"과 "반딧불"과 "부전나비" 등의 이미지들은 유기적인 연관 관계를 맺지 않는다. 오히려 그걸 방해하는 "혼선"의 이미지들에 불과하다. 곧 여기서 "부르는 데로 돌아오지 않는" 그 "부전나비"는 곧바로 실제의 사물을 가리키지 않는다. 현실 자체에 대한 타자로서 실재와 분리

된 채 과연 "허상인지/자연인지" 잘 "정돈되지 않는/지경" 속에 체험하는 '가상의 존재'다. 언제든 다른 의미 부여의 가능성이 열려 있는 언어의 타자성을 체험한 날이 다름 아닌 "운수 없는 날"인 셈이다.

이번 시집에서 자주 눈에 띄는 그의 말의 유희 또는 '말놀이[言弄, fun]'가 여기에서 비롯한다. 그는 언어를 어떻게 조합하느냐에 따라 눈앞의 현실과는 별개로 전혀 새롭게 펼쳐지는 시적 자유의 경지를 누리고 한다.

흥!

비꼰다

흠은 되나

흠은 되지 않는다

흠집은
어른들이 가장 많다

전진과 후퇴에
있어

핑계를 대는
흠이

가장 큰 흠이다

흠이 사라졌으면 하고

흥, 흥이 자꾸

흥(興)으로 모사를 꾸민다

　　　　　　　　　　　　—「안 되는 것」 전문

먼저 감탄사 "흥"은 주로 타인을 코로 비웃거나 비꼬는 데 쓰이는 단어다. 그리고 "흠[欠]"이라는 단어는 사물의 불완전하거나 잘못된 점을 지칭한다. 실상 발음의 인접성이나 근사함 때문일 뿐, 그러나 "흥"과 "흠"이라는 단어 사이엔 의미상 아무런 연관 관계가 없다. 그럼에도 불구하고 일단 이렇게 시작된 그의 말놀이는 살짝 금이 가거나 상처가 나 있는 "어른들"의 "흠집"으로 이어진다. 나아가, 남의 비웃음을 살 만한 거리라는 의미의 "흥"에 이른다. 특히 처음 비꼼의 감탄사일 "흥"에서 시작된 말놀이는 종국에 이르러 즐거움 및 재미를 불러일으키는 감정을 의미하는 "흥(興)"으로 극적 반전되고 있다. 그러면서 언어 자체를 현실과 분리시켜 말놀이 그 자체를 즐기는 모습이다.

대체로 현실과 거리를 두거나 잠시 멈춰 서서 생각하기 위한 이러한 말놀이는 여기에서 그치지 않는다. 아무런 인과관계 없이 마치 "폭풍에도 흔들리지 않는 산"에서 "기도"를 들어주는

"신"(「산의 경우」)을 연상하는 것처럼 언어의 가능성을 모색하는 것으로 이어진다. 또한 "과일의 옹달샘 배[腹]"가 "배[船]"와 "배[梨]" 등 동음이의어(同音異義語)로의 언어적 변신을 통해, "배"라는 낱말이 가진 기존의 의미에 따르면서도 동시에 그것을 "본질"적으로 "전향"시키고 "개조"(「배」)하려는 의지로 나타난다. 실상 전혀 다른 의미를 지니고 있음에도 "빛"과 "빚" 간의 발음적 유사성에 착안하여 "빚은 빛"(「루머」)이라는 식의 비인과적인 말놀이를 즐기고자 한다.

급기야 기존의 맞춤법이나 사전에 실려 있는 일반적 정의와는 거리가 있는 조어(助語)의 생산은 그 결정판이다. 그는 기존의 "그릇"이라는 의미망을 통해선 담아낼 수 없는 저만의 은밀한 기억인 "닭발 먹고 싶은 순간을 담아"보기 위해 고심 끝에 "그릂"이라는 새로운 단어를 고안해낸다. 그리고 그럼으로써 그는 "상계동 지하방에서 가족끼리 술안주로 먹"은 "닭발의 맛"이 포함된 저만의 사적이고 은밀한 기억을 그 조어 속에 "담"(「그릂」)아내고자 한다.

문득 "좁음의 어원"을 쫓다가 생각해낸 "좖음"이라는 "어휘" 역시 그렇다. 기존의 '좁음'을 대신하는 이 "좖음"이라는 조어는 그로서는 "옆에 있는 자작나무 숲이나 옆으로 지나가는 고양"에서 오는 느낌이나 혹은 "옆에 없는 어머니나/어떤 상실감" 표현하기 위한 불가피한 선택이다. 그렇게나마 말하는 것 자체가 목적인 언어 놀이이자 그걸 통해 최대한 언어의 자유도를 높이고자 하는 의지가 개입되어 있는 게 이전까지 존재

한 적이 없었던 "홀로 창조의 형태"(「좋음」)를 취하고 있는 그의 조어놀이라 할 수 있다.

그렇다면 왜 그는 "랑랑"이 "되어야 햇"거나 "날라로 쓰려고 했는데" 자신의 의지와 상관없이 "랄랄"이 되는, 그 "형체"(「랄랄」)나 사용법이 불분명하게 되면서 그저 단순한 소리 차원으로까지 하강(?)하는 언어 놀이에 집착하고 있는가. 혹은 굳이 "원인 모를 기호만 나이테처럼 나타"(「무효의 유효」)나는 이물(異物)적인 언어 그 자체를 추구하려는 것일까. 놀랍게도 그의 이런 말놀이 속에는 기존의 언어의 용법 또는 의미 그 자체를 변경하고자 하는 그의 야망이 숨겨져 있다. 특히 대상이나 실재를 직접적으로 인식할 수 없다는 것을 전제로 언어 조작 또는 실험에 의해 무수한 삶의 가능성을 타진하는 데 있다.

물론 황성용 시인 역시 "망우에서 춘천까지 구간"을 말하는 "경춘선"이란 용어가 분명 현실에 뿌리를 내리고 있다는 것을 부인하지 않는다. 현실의 "경춘선"은 그야말로 한국철도공사 소속의 간선철도 노선을 지칭하는 하나의 이름이다. 하지만 그는 "명칭이 겹"치는 것에도 불구하고 "역장도" "선로도 없"고 "민가도 보이지 않"는, 실재하는 경춘선과 전혀 다른 "경춘선"을 꿈꾼다. 동시에 그는 그러면서 "스스로 간이역이 되"거나 "타고 갈 곳"이 되어 그만의 "비화(悲話)"를 만드는 독자적인 상상의 자유를 누리고자 한다. 때로 누구나 "역이나 하나 생겼으면, 하고/말을 하자 뚝딱 역이 생"(「비현실적」)기는 '비현실적인', 그러나 기꺼이 그럴 경우에만 나타나는 어떤 세계상과 만나고자 한다.

　비록 이러한 언어적 모험이나 실험이 "가지처럼 갈라지는 길"처럼 "보이지 않"거나 비현실적이라고 비판받을지라도 그렇다. 상상으로나마 "월요일의 길"이지만 "토요일의 길이/될 수도 있겠다"는 실현 가능한 상황을 상정함으로써 그것을 실현할 삶의 "샛길"(「꽃은 핀다」)로 들어설 수 있다. 당장은 "꿈일지라도" 언어적 세계 구성을 통해 "내일부터 결원은 없다"라는 삶의 방정식을 스스로 만듦으로써 불행하게도 "목욕탕" "화재"로 "40명" "정원"에서 "사라진" "29명"의 "결원을 영원한 현원으로 채"(「정원─결원=현원」)우는 기적(?)이 일어날 수 있기도 하다.

　어쩌면 그가 의식적으로 혹은 무의식적으로 추구해온 언어적 놀이의 귀결점의 하나라고 할 수 있는, '위/아래' 혹은 '바닥'에 대한 그의 시적 사유는 이와 무관하지 않다. 여기엔 그가 오랫동안 무심결에 동조해왔을지도 모를 "아래는 아래"고 "위는 위"(「아래」)라는 세론(世論) 혹은 담론에 대해 매우 은밀하고도 단호한 이의 제기가 숨어 있다. 특히 그 속엔 그동안 자신을 지배해온 수직적 삶의 가치체계에서 벗어나 자신 앞에 주어진 세계를 더욱 깊고 폭넓게 이해하고 해석하려는 의지가 배어 있다.

　　절벽 아래
　　느티나무 아래
　　이 아래나 저 아래나

이모는 별다를 바 없다고
생각한다
나는 아래
자체를 거부한다
키가 커야겠다고 덤벼들 적부터이다
아래를 좋아하는
관리부장 친척도 있다
아래,
아래,
아래를 대체할 수 있는
그들의 아래는 없다

—「밥 먹은 것처럼」 전문

먼저 "절벽 아래"든 "느티나무 아래"든 "별다를 바 없다고/생각"하는 "이모"의 절망스러운 처지를 감안하면, '위'와 "아래"는 이분법적 위계질서를 연상시킨다. 특히 그 가운데 "아래"는 현상적인 가난이나 불평등을 상징하는 기호로 해석하기 쉽다. 하지만 "나"는 '위'와 "아래"에 대한 고정관념 "자체를 거부"한다. 그 무엇으로도 "대체"할 수 없는 "아래"는 "나"에게 다름 아닌 상대적인 것이 아니라 어떠한 구분이나 차별도 허락하지 않는 절대적인 개념인 까닭이다. 처음부터 그 구분이 무의미한 생의 근원 또는 세계의 시원을 의미하는 절대적 근거가 바로 "아래"인 셈이다.

매우 진지하게 언어적 가능성을 타진해온 황성용 시인이 추

구하는 '아래'는, 이처럼 여타의 민중시들처럼 '가난의 권력
화'(벤야민)나 마르크시즘적 하부구조를 나타내는 기호의 일종
이 아니다. 마치 "태초의 원시음을 차근차근 터득해가는" "방
사륵"의 "소라"처럼 가장 근원적인 "화음의 내면적 귀의"처를
의미한다. 또한 동시에 "원근의 마찰을 만나 와장창 깨지는 속
(續)의 포효로 풀"리는 "공명"(「소라」)의 세계에 가깝다. 비록 "누
가 보지도" "오지도 않는" "무위"의 "초야"처럼 보이지만 "아무
도 밟지 않는 원시림의 시간"이자 결국 "혼란에서 나를 구해주"
는 생의 마지막 의지처로서 "태초의 땅"(「훨훨 나는 나비야」)을 나
타낸다. 그저 진정한 의미의 "높이를 모르면서" "높기만" 한 "초
고층"의 존재 기반이자 무엇보다도 그걸 "치고 올라오는" "높
이"의 개념이 포함되어 있는 게 그의 "바닥"(「초고층」)이다.

　황성용 시인의 첫 등장을 알리는 등단작이자 어쩌면 향후에
도 그의 대표 시의 하나로 살아남을 수 있는 감동을 동반하는
「스웨터」를 살펴보기로 하자.

　　엄마 영정 사진을 찍는 날

　　일생의 좌중을 한 번에 멈추고 그 안에서 골몰히 앞을 바라
　보는 한 방의 시선, 시장 냄새도 들어간다

　　느슨했던 안이 넘어겼는지 엄마의 얼굴이 카메라 앞에서 손
　님 쪽으로 살짝 기운다

엄마 스스로 올올이 풀 수 있는 어금니 하나로 얼굴을 살짝 들어 올린다 힘들었던 무게는 내리고, 쪼그렸던 다리는 반듯이 편다

푸르른 날과 무성한 날을 곱해도 영이 되는 적자의 숲에서 내려오지 못해 항상 엄마의 앞치마는 땀으로 젖어 있다

비누칠을 해도 빠지지 않을 때 방망이질의 쓰임에 따라 한 방에 끝내려고 사진사는 필요 없는 각도를 버린다

버릴 컷을 버려진 시간으로 남아 있을 때 엄마는 살림의 다이어트를 위해 땀방울 하나하나 털실로 꿰매는 절약 스웨터(sweater)

코가 빠져도 스웨터의 구멍을 버리지 않는 센스, 엄마는 유산의 단추 하나를 남겨둔다

나는 아침을 먹기 전에 빼빼한 삶의 스웨터로 찍힌 영정 사진을 찾으러 간다

—「스웨터」 전문

얼핏 보면, 위 시는 "푸르른 날과 무성한 날을 곱해도 영이 되는 적자"를 벗어나지 못한 절대 가난의 가족사에 대한 회상이 주된 정서를 차지하고 있다. 하지만 여기서 중요한 것은, "항상" "땀으로 젖어 있"던 "엄마"에 대한 무한의 연민감이 바탕

이 된 사모곡이 아니다. 또한 "살림의 다이어트를 위해 땀방울 하나하나 털실로" "스웨터"를 "꿰매는" "엄마"의 "절약" 정신과 "코가 빠져도 스웨터의 구멍을 버리지 않는 센스"도 아니다. 단적으로 "영정 사진을 찍는" "카메라 앞에서" "느슨했던 안"을 추스르며 겨우 "하나" 남은 "어금니"로 "얼굴을 살짝 들어 올"리게 하는 그 무엇이다. 그동안 "힘들었던" 생의 "무게"를 "내리고, 쪼그렸던 다리"를 "반듯이" 펴게 하는 어떤 힘 또는 존재론적인 무한성이다.

다시 말해, 그의 시적 관심사는 "영정 사진"을 "찍"거나 "찾으러" 간 날의 소감이나 그로 인한 혈연적이고 가족사적인 회억(回憶)이 아니다. 그의 시적 시원(Anfang)이자 그가 세상을 읽고 보는 모든 말의 근거인 "엄마"를 통해 자신의 삶의 미래적 투사로서 "골몰히 앞을 바라보는 한 방의 시선"이다. 어디까지나 그의 말의 원본으로서 '모성애'를 통한 "필요 없는 각도"의 버리기, 곧 "버릴 컷은 버"릴 때 다가오는 또 다른 삶의 근거 아닌 근거다. 비록 누군가엔 하찮게 보일지 모르나 그의 "엄마"가 남긴 유일한 "유산"인 "단추 하나"가 무한한 깊이와 신비를 드러내거나 감추게 하는 시적 안식처임에 틀림없다.

그럼에도 불구하고 그에게, 모든 시인들에게 시는 과연 "모르는 범위를 어디까지 정하고" 또 끝맺음을 어떻게 해야 하는지 끝내 "모른 일만" 남아 "있는" 영역이다. 설령 "모를 자유"의 "기회"까지 제공한다고 해도 "누가 봐도" "모"(『어차피 모른다』)를 수밖에 없는 미지의 세계다. 특히 그러기에 그는 쓰면 쓸수록

투명해지는 것이 아니라 불투명해지는 그 어떤 "미상"의 시 세계에 마주칠 수밖에 없다. 단적으로 모든 인간의 근원으로서 "모성애"의 추구와 그런 "모성애"에의 "달성"(「나이 그릇」)과의 거리를 분명하게 인식하면서 시작된 게 그의 시적 여정이다.

겉으로 표나게 내세우고 있진 않지만, 그의 시들을 일독하고 난 소감의 하나는 그렇다. 그는 처음부터 시가 모든 의미를 남김없이 드러낼 수 없는 언어의 한계를 분명하면서 그의 시작(詩作)에 임하는 놀라운 행보를 보여주고 있다. 동시에 그는 그런 언어의 불가능성을 사유하면서도, 이미 "알"려져 있는 세계의 "이름"에서 벗어나고자 과감히 시적 "개명"(「모놀로그」)을 시도한다. 그러면서 가령 "천 냥 하우스"에서 "가장 당당"하게 "팔"리는 "천 원짜리 옷걸이"처럼 시의 가능성을 탐색하고 스스로 시인으로서 시적 "지위를 높"(「천 냥 하우스」)이고자 한다. 분명 궁극적 패배를 자인(自認)할 수밖에 없는 모든 시인들의 공통된 운명을 공유하면서도, 그의 시들은 인간적인 "아름다움"을 잃지 않은 채 "우아함에 더 신경 쓰"는 "나"(「날 좀 보소」) 속에 감춰져 있는 넓이와 아득함에 대한 시선을 끝내 놓치지 않고 있다.

결과적으로 그런 점에서 그의 시들은 생명력을 기울여 도달하고자 하는 목표이자 거기에 의의를 부여해가는 정신적 원형(Archetape) 찾기에 더 가깝다. 설령 그게 "실패해도 실패가 되지 않는 성공한 실패"가 그의 유일한 삶의 "원칙"이 되고, 시의 "기준"(「위험이 위험해질 때」)이 되고 있다. 김현, 김지하, 최하림 이후 끊긴 목포문학의 화려한 명맥을 이으며 넘어서길 바라는 그에 대한 기대를 걸게 하는 지점은 바로 여기다. 문득 그가 우리 앞에 목포를 상징하는 잠룡(潛龍)처럼 한 시대를 뒤흔드는 새로운 전망과 이해의 시들을 펼쳐주리라 믿어 의심치 않는다. 그의 시적 장도를 빈다.

林東確 | 시인·한신대 교수

햇볕 그 햇볕

황성용 시집